Kristallhöhlen
Zerklüftete Berge
Blubbernder Sumpf
Schlafsee
Das Schattenland
Blaue Bucht
Feuerinsel

Katrina Charman

Der letzte Feuerfalke und der Stein der Macht

Band 1

Bisher erschienen:

Band 1: Der letzte Feuerfalke und der Stein der Macht
Band 2: Der letzte Feuerfalke und die Kristallhöhlen
Band 3: Der letzte Feuerfalke und die flüsternde Eiche
Band 4: Der letzte Feuerfalke und der geheimnisvolle See
Band 5: Der letzte Feuerfalke und das Schattenland
Band 6: Der letzte Feuerfalke und die dunkle Magie
Band 7: Der letzte Feuerfalke und das Wolkenland
Band 8: Der letzte Feuerfalke und das Silbermoor
Band 9: Der letzte Feuerfalke und der goldene Tempel
Band 10: Der letzte Feuerfalke und das geheime Labyrinth
Band 11: Der letzte Feuerfalke und die Unterwelt
Band 12: Der letzte Feuerfalke und die Rückkehr des Schattens

Katrina Charman

DER LETZTE FEUERFALKE

und der Stein der Macht

Band 1

Illustriert von Jeremy Norton

Aus dem Amerikanischen übersetzt von
Klaus Mende und Sabine Tandetzke

Loewe

Für Maddie, Piper und Riley. – KC
Ich danke meinen Eltern, die mir gezeigt haben, wie wertvoll Kunst ist. – JN

FSC
www.fsc.org
MIX
Papier | Fördert gute Waldnutzung
FSC® C014496

ISBN 978-3-7432-0812-4
5. Auflage 2026
erschienen unter dem Originaltitel
The Last Firehawk – The Ember Stone

Published by Arrangement with SCHOLASTIC INC.,
557 Broadway, New York, NY 10012 USA
Dieses Werk wurde vermittelt durch die Literarische Agentur
Thomas Schlück GmbH, 30161 Hannover.

Aus dem Amerikanischen übersetzt
von Sabine Tandetzke und Klaus Mende
Umschlag- und Innenillustrationen: Jeremy Norton
Umschlaggestaltung: Ramona Karl

Druck und Bindung: GGP Media GmbH, Karl-Marx-Straße 24, D-07381 Pößneck
produktsicherheit@loewe-verlag.de

www.loewe-verlag.de

Inhalt

Prolog

Im verborgenen Land Perodia liegt der Wald von Valor – ein Ort voller Magie und Licht. Dort führt eine weise alte Eule namens Grey die Eulen von Valor an. Diese tapferen Kämpfer beschützen die Geschöpfe des Waldes. Doch eine unheimliche Dunkelheit breitet sich über Perodia aus und lässt die Magie des Waldes und das Licht verblassen …

Der mächtige alte Geier Burung herrscht über den Schatten, einen dunklen Zauber. Er benutzt ihn, um Perodia zu vernichten –

und somit die Heimat aller, die dort leben. Die Flüsse trocknen aus und die Bäume verlieren ihre Blätter. Burung wird nicht aufhören, ehe Perodia zerstört ist. Talon, eine kleine Schleiereule, träumt davon, eine Eule von Valor zu werden. Er möchte seinen Wald beschützen und Burung und dessen Armee von Spionen bekämpfen. Doch dazu braucht Talon mehr als Mut und Tapferkeit. Denn nur die hellste Magie kann die Dunkelheit bezwingen.

Zeit fürs Training!

Tra-raaa! Der Klang eines Horns schallte durch den Wald von Valor.

Talon sah zu, wie Eulen aller Größen von den Bäumen herabschwebten.

Zeit für's Training!, dachte er aufgeregt.

Er hüpfte von seinem Ast und schloss sich einer Gruppe junger Eulen an.

Maximus, der Kommandant der Eulen von Valor, stand in der Mitte des Lagers.

„Ihr seid hier, um zu lernen, wie man kämpft", verkündete er. „Wie ihr wisst, ist unser Wald in Gefahr. Nur die mutigsten Krieger können ihn beschützen. Und nur die tapfersten Kämpfer können Eulen von Valor werden."

Talon streckte die Brust heraus. Genau das war sein sehnlichster Wunsch.

„Wählt eure Waffen!", brüllte Maximus, wie üblich in voller Lautstärke.

Die Waffen waren nebeneinander aufgereiht. Talon stellte sich neben einen Bogen mit Pfeilen –

zu groß. Dann hob er ein Schwert an – zu schwer. Er griff nach einem glänzenden Dolch – der war genau richtig.

Und obwohl er sich den kleinsten Schild aussuchte, war der genauso groß wie er!

Ich werde nicht aufgeben, bis ich stark genug bin, um den größten Schild zu halten!, dachte Talon.

Den ganzen Tag lang trainierte Maximus mit den jungen Eulen, wie man Angriffen auswich. Während Talon mit seinem Dolch Bäume attackierte und sich dabei mit dem schweren Schild abmühte, wurden seine Flügel immer schwächer.

Schuhuuu-huu! Auf einmal schwebte Grey herab und landete neben Maximus. Seine leuchtend gelben Augen funkelten voller Magie.

Die Eulen kamen herbei und warteten darauf, dass ihr Anführer zu ihnen sprach.

„Ab jetzt ist es allen Tieren verboten, sich den Heulenden Höhlen zu nähern!“, verkündete Grey.

Talon hob seinen zitternden Flügel. „Aber …

warum?", fragte er, denn er liebte es, die Höhlen zu erkunden.

„Es ist zu gefährlich", warnte Grey. Er strich mit einem Flügel durch die Luft und ein Bild erschien neben seinem Kopf.

Tiger-Fledermäuse!, erkannte Talon.

Sie hatten große rot glühende Augen und ihre langen scharfen Schnäbel schnappten bedrohlich.

„Burungs Armee der Tiger-Fledermäuse ist in der

Nähe der Höhlen gesichtet worden“, sagte Grey. Wieder strich er mit seinem Flügel durch die Luft. Eine dunkle Wolke erschien. In ihrer Mitte hockte Burung, der Herr der Tiger-Fledermäuse.

Talon erschauerte. Der mächtige alte Geier würde alles tun, um den Wald von Valor zu zerstören.

Das Bild verschwand wieder. Grey breitete seine gewaltigen Schwingen aus und flog davon.

„Trainiert weiter!“, brüllte Maximus. „Sucht euch einen Partner!“

Schnell fanden sich die Eulen zu Paaren zusammen und für Talon blieb nur eine große braune Eule namens Bodo übrig. Er hielt seinen Schild hoch und machte sich so groß wie er konnte, als Bodo ihn von oben bis unten musterte.

Der Schild rutschte von Talons müdem Flügel und fiel scheppernd zu Boden.

Bodo lachte. „Du wirst niemals eine Eule von Valor! Du kannst ja nicht mal einen Schild halten.“

Talon spürte, wie sein Gesicht vor Scham brannte.

Sie übten, bis er kaum noch seinen Dolch halten konnte.

„Genug für heute!", rief Maximus.

Talon sah Bodo an. *Ich bin vielleicht nicht groß und stark,* dachte er, *aber ich bin* mutig *genug, um eine Eule von Valor zu sein. Und ich werde es beweisen!*

Eine wichtige Entdeckung

Auf dem Weg nach Hause stapfte Talon durch den Wald.

Plötzlich hörte er es in der Nähe rascheln. Irgendjemand – oder irgend*etwas* – beobachtete ihn. Talon hob einen Stock auf. Schritte schlurften durch das trockene Laub.

Sie kamen näher. Immer näher. Bis …

„Hab dich!"

„Aaaah!", schrie Talon erschrocken auf.

Ein kleines graues Eichhörnchen wälzte sich vor Lachen auf dem Boden.

„Angsthase!"

„Agila! Das ist nicht lustig!", schimpfte Talon. „Ich hätte dir beinahe wehgetan."

„Dieses Zweiglein hätte mich bestimmt nicht verletzt", antwortete seine beste Freundin. „Und ich dachte, du wärst ein tapferer Krieger."

„Das bin ich", sagte Talon. „Eines Tages werde ich eine Eule von Valor sein und dann rette ich den Wald vor dem bösen –"

Agila sprang auf und legte ihm die Pfote auf den Schnabel. „Sag nicht seinen Namen!"

„Ich habe keine Angst vor Burung", murmelte Talon.

Agila riss die Augen auf. „Das solltest du aber!"

Talon sah hinüber zum Flussbett, das normalerweise voll klarem blauem Wasser war. Nun lag es fast ausgetrocknet da – wegen Burung.

Er ging weiter und versetzte dem staubigen Boden einen Tritt.

„Ich weiß, was dich aufmuntern wird!" Agila tippte Talon auf den Flügel. „Fang mich!"

„Das ist unfair!" Er lief ihr nach. „Ich kann nicht so schnell laufen wie du!"

Aber ich kann fliegen! Talon hob ab und schwebte zwischen den Bäumen hindurch.

Nach ein paar Minuten rief er: „Agila! Wo bist du?"

„Hier bin ich!", kicherte sie.

Talon landete neben ihr und schaute sich um. Sie waren weiter weg von zu Hause, als er gedacht hatte. „Oh nein", stöhnte er. „Wir sind bei den Heulenden Höhlen! Grey hat doch gesagt, dass wir uns von ihnen fernhalten sollen."

„Lass uns verschwinden!", sagte Agila mit einem Blick auf die drei gruseligen Höhlen.

Plötzlich lag ein seltsames Raunen in der Luft. Eine schwarze Wolke verdeckte die Sonne und es wurde mit einem Mal fast so dunkel wie in der Nacht.

„Der *Schatten*!" Agila griff nach ihrer Steinschleuder.

„Das ist wahrscheinlich nur ein Gewitter", sagte Talon und flatterte näher an die größte Höhle heran.

„Talon! Geh da bloß nicht rein!“, warnte ihn Agila.

Das könnte meine Chance sein zu beweisen, wie mutig ich bin, dachte Talon. *Ja, das ist* die *Gelegenheit!*

Die Höhle sah aus wie ein weit aufgerissenes Maul, bereit, sie zu verschlingen. Der Wind blies immer stärker und wirbelte heulend um sie herum.

Kein Wunder, dass sie die Heulenden Höhlen genannt werden, dachte Talon.

„Keine Angst, Agila“, rief er. „Tiger-Fledermäuse kommen nur nachts heraus!“

„Wer hat denn was von Tiger-Fledermäusen gesagt?“, fragte Agila.

„Ähm ... das war Grey“, murmelte Talon. Er zeigte auf den dunklen Himmel. „Komm! Wir müssen irgendwo Schutz vor dem Gewitter suchen.“

Talon spähte in die tiefe Höhle. In der Dunkelheit glühte ein rotes Licht. „Was ist denn das?" Er hüpfte hinein und steuerte direkt darauf zu.

„Das gefällt mir nicht", sagte Agila und lud ihre Steinschleuder. „Aber irgendjemand muss ja dafür sorgen, dass du nicht gefressen wirst!"

Talon lächelte, um zu zeigen, dass er keine Angst hatte, auch wenn seine Federn zitterten.

Die Freunde gingen auf das seltsame Licht zu. Je näher sie kamen, desto wärmer wurde es in der kalten Höhle.

„Was ist das?", fragte Agila.

Talon hüpfte dichter heran, um besser sehen zu können. Er blinzelte. „Es ist … ein goldenes Ei!"

Das größte und am hellsten leuchtende Ei, das er jemals gesehen hatte.

Das goldene Ei

Talon starrte das riesige glühende Ei an. „Ich habe noch nie ein so großes Ei gesehen!"

„Ich habe noch nie ein *goldenes* Ei gesehen", sagte Agila. „Was glaubst du, was das ist?"

„Ich weiß es nicht", antwortete Talon. „Aber ich wette, die Tiger-Fledermäuse haben es gestohlen. Wir müssen es hier rausbringen."

„Warte!", rief Agila. „Es könnte eine Tiger-Fledermaus *darin sein*!"

Talon lachte. „Die legen keine Eier, du Dummerchen."

„Tiger-Fledermäuse sind keine normalen Fledermäuse", widersprach Agila. „Aber wie sollen wir es überhaupt transportieren?"

Talon runzelte die Stirn. Das Ei war größer als sie beide zusammen. „Vielleicht können wir es rollen?"

Er drückte mit einem Flügel gegen das Ei.

„Au! Es ist heiß!" Talon schüttelte seine angesengten Federn.

„Warte hier! Ich habe eine Idee." Agila huschte aus der Höhle. Draußen hatte sich der Himmel wieder aufgeklart und die Sonne schien hell.

„Siehst du? Es war nur ein kurzes Gewitter", sagte Talon zu dem Ei.

Agila kam mit einem Armvoll Blätter und Zweige zurück.

„Ich werde etwas zum Ziehen bauen“, erklärte sie. Geschickt verwob sie die Blätter und Zweige miteinander und kurz darauf war eine Art Schlitten fertig.

Vorsichtig schubsten sie das Ei darauf.

„Armes Ei, ganz allein in dieser gruseligen Höhle“, flüsterte Talon.

Als Agila ihm einen Blick über die Schulter zuwarf, schnappte sie erschrocken nach Luft. Mit zitterndem Finger deutete sie auf etwas. „Äh … ich glaube nicht, dass es *wirklich* allein war …“

Talon drehte sich um. Zwei große leuchtende Augen glotzten ihn an. Ein weiteres Paar öffnete sich langsam. Dann noch eins und noch eins – bis Hunderte wachsamer rot glühender Augen sie anstarrten.

Nichts wie weg!

Die Augen beobachteten sie aus der Dunkelheit.

„Tiger-Fledermäuse!", brüllte Talon. „Grey hatte recht!"

„Und wir haben sie aufgeweckt!", schrie Agila.

Beide schoben und zogen an ihrem Schlitten, aber er bewegte sich nicht.

„Schnell!", drängte Talon.

„Das Ei ist zu schwer!", schnaubte Agila ärgerlich.

Talon gab ihm einen kräftigen Stoß. Das Ei schwankte und – **plumps!** – fiel es vom Schlitten.

Hoffentlich ist es nicht zerbrochen, dachte Talon.

Die Flügel der Tiger-Fledermäuse schrammten an den Wänden der Höhle entlang. Eine von ihnen landete mit einem dumpfen Geräusch ganz in der Nähe.

Plötzlich setzte sich das Ei in Bewegung, rollte aus der Höhle und den Hügel hinunter.

„Ihm nach!", schrie Talon.

Sie hetzten dem Ei hinterher, während die Tiger-Fledermäuse aus der Höhle schossen und im Zickzack hin und her rasten. **Krächz!**

„Zum Glück können sie bei Tageslicht nicht gut sehen!", keuchte Agila. „Hier draußen müssten wir sie abhängen können."

Talons Herz hämmerte wie verrückt.

Die Druckwellen, die von den riesigen orange-schwarz gestreiften Flügeln der Tiger-Fledermäuse ausgingen, trieben ihn weiter.

Das Ei wurde immer schneller, als es bergab rollte. Schließlich knallte es gegen einen alten umgestürzten Baum und blieb liegen.

„Wir müssen uns verstecken!“, flüsterte Agila. „Bevor die Fledermäuse uns entdecken.“

Talon schaute zu dem alten Baumstamm hinüber. „Schnell – da rein!“

Mit einem Ast schob er das Ei in den hohlen Stamm.

Dann krochen er und Agila hinterher.

Klack, klack, klack! Die beiden hielten die Luft an, als sie die Schnäbel der Tiger-Fledermäuse über sich schnappen hörten.

Nach einer Weile wurde es ruhig.

„Das war knapp“, sagte Agila.

„Ich weiß“, seufzte Talon. Dann grinste er. „Aber wir haben es geschafft – wir haben das Ei gerettet!“

Inzwischen ging die Sonne unter. Da sie zu müde waren, um das Ei weiterzurollen, ruhten sie sich auf einem nahe gelegenen Baum aus.

„Ich halte Wache“, sagte Talon gähnend.

Aber schon bald waren beide fest eingeschlafen.

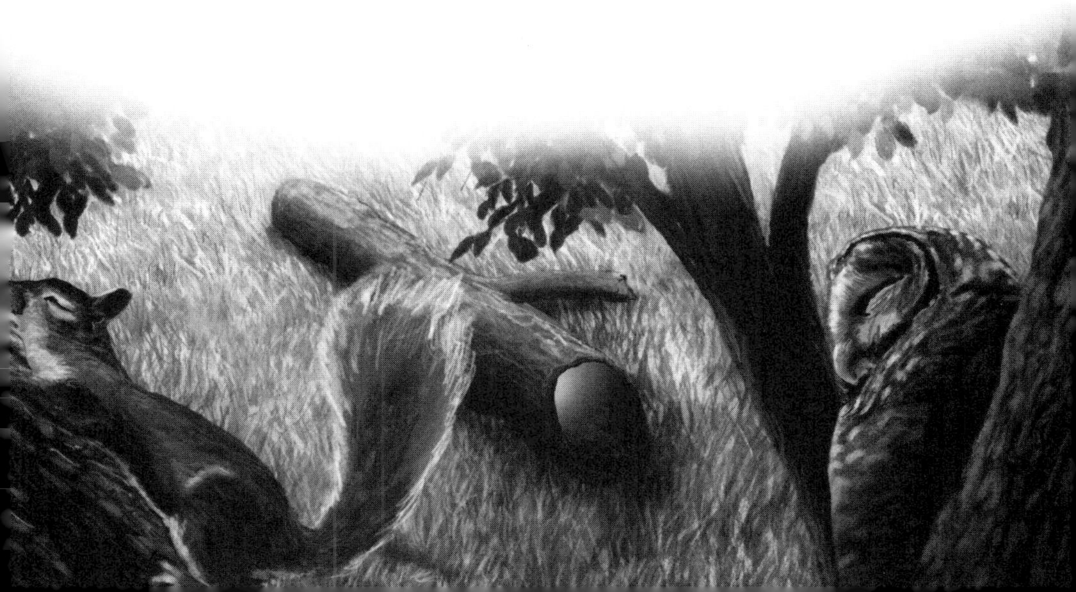

Im Feuer geboren

WAAA-RAAA!

Ein Alarmsignal schallte durch den Wald.

Talon schreckte aus dem Schlaf. Der Mond stand hoch am Himmel. Weiter unten war ein helles Flackern zu sehen und dunkler Rauch erfüllte die Luft.

„Feuer!“, kreischte er.

„Das Ei!“, schrie Agila, denn die Flammen züngelten aus dem alten umgefallenen Baum.

Talon schnappte erschrocken nach Luft. „Das Ei war *heiß* – es muss den Stamm entzündet haben!"

Die Freunde flitzten von ihrem Ast herunter, schöpften Wasser aus dem fast ausgetrockneten Fluss und gossen es in die laut zischenden Flammen.

Am Ende blieb nur ein rauchender Haufen Asche übrig, in der Stücke der goldenen Eierschale glitzerten.

„Das Ei ist zerstört!", jammerte Talon. „Wir werden einen Riesenärger bekommen! Jetzt sind wir ganz umsonst in die Heulenden Höhlen gegangen und haben die Tiger-Fledermäuse geweckt. Und an dem Feuer sind wir auch schuld!"

Agila klopfte Talon tröstend auf den Rücken. „Immerhin haben wir es gelöscht, bevor es sich ausgebreitet hat."

Plötzlich schniefte etwas neben ihnen.

„Schau mal!", sagte Talon verwundert.

Das Gefieder voller Asche, saß dort ein ziemlich großes Küken und blinzelte sie mit seinen riesigen blauen Augen an.

„Hatschi!“, nieste der Vogel und wirbelte dabei eine Aschewolke auf. Seine wunderschönen Federn waren rot und golden. Sie strahlten so hell, dass sie den dunklen Wald erleuchteten.

Agila starrte das Küken an. „Ein Feuerfalke!"

Talon schüttelte den Kopf. „Aber ... die gibt es doch gar nicht."

Grey erzählt

Das Küken breitete seine Flügel aus.

„Ich bin Talon", sagte er zu ihm. „Und das ist Agila. Sie glaubt, dass du ein Feuerfalke bist."

Agila stemmte ihre Pfoten in die Hüften. „Es *ist* ein Feuerfalke. Meine Großmutter hat mir erzählt, dass sie hell funkelnde Federn haben", entgegnete sie und zeigte auf die schimmernden Flügel des Vogels.

Schuhuuu-huuu!

Wie aus dem Nichts tauchte Grey auf. Er sah nicht sehr glücklich aus.

„Es war nicht unsere Schuld", begann Talon. „Nicht so richtig jedenfalls ..." Doch dann entdeckte Grey das Küken.

„Wen haben wir denn hier?" Er lächelte den kleinen Vogel an. „Ich hätte nicht gedacht, dass ich jemals wieder einen Feuerfalken sehen würde ..."

„Ich hab's doch gesagt!", murmelte Agila.

„Ist das wirklich ein Feuerfalke?", fragte Talon.

„Ja", sagte Grey. „Und zwar eine junge Dame, wie man an den Augen sieht. Ihr habt da eine wichtige Entdeckung gemacht. Ich dachte, sie wären alle fort."

„Was ist denn mit ihnen passiert?", wollte Talon wissen.

„Die Feuerfalken waren Vögel mit Zauberkräften, die den Stein der Macht beschützten – einen Stein, der unglaubliche Magie in sich trägt", erklärte Grey. „Sie taten alles, um zu verhindern, dass

Burung den Stein findet. Doch eines Tages waren die Feuerfalken plötzlich verschwunden."

Agila schnappte nach Luft. „Das ist ja entsetzlich!"

„Könnte der Stein Burung und den *Schatten* aufhalten?", fragte Talon.

Grey rieb sich nachdenklich das Kinn. „Vielleicht. Womöglich ist die Magie des Steins stärker als Burungs dunkler Zauber. Aber er kommt schnell näher. Die Bäume sterben und die gute Magie des Waldes wird immer schwächer. Spürt ihr das?"

Talon und Agila nickten. Der Wald von Valor hatte sich verändert: Die Blumen blühten nicht mehr und die Flüsse waren ausgetrocknet. Es würde nicht mehr lange dauern, bis alles zerstört war.

„Wo ist der Stein jetzt?", fragte Agila und sah Grey neugierig an.

„Das weiß ich nicht, aber Burung hat den Stein niemals gefunden. Sonst hätte er ihn längst benutzt, um ganz Perodia zu vernichten", erwiderte Grey. „Die Feuerfalken lebten auf der Feuerinsel. Der Stein könnte immer noch dort sein – irgendwo verborgen, von wo ihn nur ein Feuerfalke zurückbringen kann."

Grey betrachtete das Küken. „Wo habt ihr das Ei entdeckt?"

Talon holte tief Luft. Die Eulen von Valor waren mutig und ehrlich, darum musste er die Wahrheit sagen.

„In den Heulenden Höhlen. Wir dachten, Burung

und seine Tiger-Fledermäuse hätten das Ei gestohlen, deshalb haben wir es gerettet."

„Das war sehr mutig", sagte Grey. „Aber ich hatte allen verboten, in die Nähe der Höhlen zu gehen."

„Es tut mir leid", antwortete Talon. Doch er freute sich, dass Grey ihn mutig genannt hatte.

„Wir haben das Feuer nicht mit Absicht gelegt", fügte Agila hinzu.

„Das war nicht eure Schuld", erklärte ihnen Grey. „Feuerfalken schlagen Flammen, wenn sie schlüpfen."

Tra-raaa! In der Ferne war ein Horn zu hören.

„Das Lager wird angegriffen!", rief Grey. „Ich muss die Eulen von Valor zusammenrufen!"

„Kann ich mitkommen?", fragte Talon.

Grey hob abwehrend einen Flügel. „Ihr beiden bleibt bei dem Feuerfalken."

Agila nickte. „Wir werden auf die Kleine aufpassen."

„Aber ich kann kämpfen!", protestierte Talon.

Grey schüttelte den Kopf. „Es gibt mehr als einen Weg, um unseren Wald zu beschützen. Es sind nicht immer die Größten oder Stärksten, die Eulen von Valor werden. Passt gut auf den Feuerfalken auf – und versteckt ihn. Es gibt nur einen Grund, weshalb Burung dieses Ei haben wollte: Der Feuerfalke soll ihn zum Stein der Macht bringen. Wir dürfen nicht zulassen, dass er ihn findet."

Als Grey zwischen den Bäumen verschwand, zog eine dunkle Wolke am Himmel auf.

Angriff der Tiger-Fledermäuse

Die beiden Freunde sahen zu, wie die Eulen von Valor in ihren glänzenden Rüstungen über sie hinwegflogen.

„Komm!", sagte Agila und zog Talon am Flügel. „Wir müssen den Feuerfalken verstecken."

Gemeinsam versuchten sie, das Küken wegzutragen.

Talon ächzte. „Sie ... ist ... zu ... schwer!"

Inzwischen kreisten Hunderte von Tiger-Fledermäusen über ihnen. Ihre roten Augen glühten in der Dunkelheit.

Agila lud ihre Steinschleuder. „Burungs Armee kommt, um den Feuerfalken zu holen!“

„Sie dürfen ihn nicht finden!“, sagte Talon und packte einen schweren Stock.

Er beugte sich zu dem zitternden Küken hinunter. „Kannst du fliegen?“

Die Kleine piepste leise.

Um sie nicht zu erschrecken, bewegte Talon seine Flügel ganz langsam auf und ab. „Kannst du das?“ Er war sich nicht sicher, ob Feuerfalken überhaupt fliegen *konnten*.

Das Küken sträubte die Federn, blieb aber auf dem Boden.

„Ich schätze nicht", sagte Agila.

Talon seufzte. „Verstecken wir uns dort im Unterholz. Die Büsche müssten die glänzenden Federn verbergen."

Die beiden eilten durch die Bäume. Ihre neue Freundin wackelte auf unsicheren Beinen hinterher, als sie sie in das Dickicht führten.

Auf einmal piepste das Küken und schlug mit den Flügeln.

„Sei ruhig", flüsterte Talon.

Plötzlich – **Krächz!** – stieß eine Tiger-Fledermaus herab.

Agila zielte mit einem Kiefernzapfen auf ihren Kopf. „Hau ab!“, rief sie, als sie genau zwischen die Augen traf.

Der Angreifer flog benommen davon.

Talon hielt seinen Stock fester.

Auf einmal brach eine Tiger-Fledermaus durch das Gebüsch, dann noch eine. Ihre scharfen Schnäbel schnappten nach den Freunden. **Klack, klack, klack!**

Agila flitzte einen Baum hinauf, um mit Eicheln zu schießen. Sie bewegte sich so schnell, dass sie kaum noch zu erkennen war.

Ich muss sie ablenken!, dachte Talon und lief weiter hinein ins Unterholz.

Die größere Tiger-Fledermaus folgte ihm. Er hob seinen Stock und stieß damit nach ihr.

Krächz, krächz!

„Sie ruft die anderen herbei!", schrie Talon. „Mach dich bereit!"

Agila schoss mit Eicheln von ihrem Ast, aber jedes Mal, wenn sie eine Fledermaus traf, landete schon wieder eine andere in der Nähe.

Mit zitternden Flügeln schwang Talon den schweren Stock. Er konnte ihn nicht mehr lange halten.

„Es sind zu viele!", schrie Agila.

Burungs Armee rückte immer näher.

Talon war umzingelt. Er machte einen Schritt rückwärts, und dann –

Aiiiii-iiie!

Die Tiger-Fledermäuse wirbelten herum und beobachteten, wie der Feuerfalke aus den Büschen gelaufen kam.

„Aiiiii-iiie!", rief der kleine Vogel mit hocherhobenen glühenden Flügeln.

Plötzlich zuckte ein Blitz aus Licht und Hitze durch die Luft. Talon hielt sich die Augen zu. Er hörte das Rauschen vieler Flügel, danach war alles still.

Als er wieder hinschaute, waren die Tiger-Fledermäuse verschwunden. Und die dunkle Wolke ebenfalls.

Ruby

Agila huschte von ihrem Baum herunter. „Wo sind sie geblieben?"

Talon blinzelte verwirrt. „Der Feuerfalke hat sie verscheucht."

Das Küken piepste glücklich. Seine roten und goldenen Federn kräuselten sich im Wind.

„Das war großartig!", lobte Talon den Feuerfalken. „Hey, wir sollten dir einen Namen geben … Wie wäre es mit Ruby?"

„Das finde ich gut!“ Agila grinste.

Ruby piepste noch einmal.

„Und jetzt sollten wir Grey suchen“, sagte Talon.

Die drei eilten durch den Wald. Für den Fall, dass Burungs Spione immer noch in der Nähe waren, versuchten sie, so gut wie möglich in Deckung zu bleiben.

Talon war erleichtert, als er sah, dass es im Lager nicht viele Schäden gab. Ein paar Nester waren zerstört und die Hütte für die Rüstungen war umgeworfen worden. Aber das war auch schon alles.

Er führte seine Freunde zu Greys Baum.

Schuhuuu-huhu! Plötzlich landete Grey neben ihnen.

„Ich habe euch gesucht“, sagte er und öffnete die Tür. „Schnell, bringt eure neue Freundin nach drinnen.“

„Ihr Name ist Ruby“, erklärte Talon.

Talon war noch nie in Greys Zuhause gewesen. Hölzerne Stufen führten im Baum hinauf in einen Raum voller Bücher.

„Was ist geschehen?“, fragte Grey.

„Burungs Armee hat uns gefunden“, berichtete Talon. „Wir haben gegen sie gekämpft, aber sie haben uns umzingelt. Doch dann hat Ruby ganz laut gekreischt.“

„Sie hat uns gerettet“, fügte Agila hinzu. „Die Tiger-Fledermäuse waren auf einmal verschwunden!“

„Der Schrei des Feuerfalken“, sagte Grey. „Er muss sie verscheucht haben.“

„Sie haben nach ihr gesucht, nicht wahr?“, fragte Talon.

„Ja, das habe ich befürchtet“, erwiderte Grey. „Burung wird nicht aufgeben. Nicht jetzt, wo er weiß, dass Ruby geschlüpft ist. Wir müssen den Stein der Macht vor Burung finden, denn wir werden ihn brauchen, um unseren Gegner

zu bezwingen. Er könnte unsere einzige Waffe gegen seinen dunklen Zauber sein."

„Ihr solltet sofort die Eulen von Valor zusammenrufen", sagte Talon. „Wir brauchen diesen Stein!"

Grey legte ihm einen Flügel auf die Schulter. „Das ist keine Aufgabe für die Eulen von Valor", erklärte er. „Nur dieser Feuerfalke kann den Stein herbeischaffen – gemeinsam mit dir und Agila."

Das Abenteuer ruft!

Nachdenklich betrachtete Talon Ruby. Dann drehte er sich wieder zu Grey um. „Seid Ihr sicher, dass eine Eule, ein Eichhörnchen und ein Küken Burung bekämpfen können?"

„Wir brauchen den Stein der Macht", erwiderte Grey. „Ruby vertraut dir und deiner Freundin bereits. Und sie ist es, die den Stein aufspüren wird."

Talon wusste, was er zu tun hatte. „Wir machen

es“, sagte er. „Agila, Ruby und ich werden zur Feuerinsel aufbrechen.“

Grey lächelte. Dann blätterte er schnell durch einige Papiere auf seinem Tisch. Er zog ein aufgerolltes Blatt hervor und gab es Talon. „Das hier wird euch den Weg zeigen.“

Talon steckte die Rolle unter seinen Flügel.

Grey öffnete einen großen Schrank voller Waffen. Als er sich wieder umdrehte, hielt er zwei Rüstungen hoch. Eine silberne für Talon und eine aus Bronze für Agila. „Die habe ich für euch anfertigen lassen.“

Talon probierte seine Rüstung an. Sie passte perfekt. „Woher wusstet Ihr, dass wir sie brauchen würden?“

„Ich bin sehr alt.“ Grey lächelte. „Es gibt nicht viel, was ich nicht weiß.“ Er reichte ihm einen goldenen Dolch, der leichter war als eine Feder.

„Toll!“, sagte Talon. „Die Klinge ist schärfer als der Schnabel einer Tiger-Fledermaus!“

„Und dies ist für dich, Agila.“ Grey reichte ihr eine Steinschleuder, die aus edelstem Holz gefertigt war.

Sie grinste. „Damit kann ich noch schneller schießen!“

„Was ist mit Ruby?", fragte Talon

„Ihre Federn sind stärker als jede Rüstung", sagte Grey. „Und ihr habt erlebt, wie furchterregend ihr Schrei ist."

Talon und Agila nickten.

„Ihr schlaft heute Nacht hier", fuhr Grey fort. „Ich muss nach Burungs Spionen Ausschau halten, deshalb kann ich euch nicht verabschieden. Behaltet die Waffen immer dicht bei euch. Und vergesst nicht: Burung kann jeden Moment angreifen. Viel Glück!" Dann flog Grey in die Nacht hinaus.

Talon packte seinen Dolch. Als er Agila und Ruby ansah, wurde er ganz aufgeregt. „Morgen machen wir uns auf den Weg zur Feuerinsel", sagte er. „Dorthin, wo noch keine Eule und kein Eichhörnchen je gewesen ist!"

Die Feuerinsel

Am nächsten Morgen packte Talon ihren Proviant ein: Beeren, Nüsse und seinen Lieblingssnack – Würmer. Er nahm auch einen großen Trinkschlauch voller Wasser mit.

„Bereit?", fragte Agila, die ihre neue Rüstung trug.

Talon grinste. „Bereit!"

Sie weckten Ruby. Dann machten sie sich auf den Weg und folgten dem gewundenen Pfad durch

den Wald von Valor. Talon lächelte, als er zwischen den Bäumen hindurchflog. Er war bereit für jedes Abenteuer.

Sie waren schon einige Stunden unterwegs und hatten eine kühle Brise im Rücken. Plötzlich –

„Au!“, schrie Agila und hüpfte auf und ab. „Irgendwas hat mich gebissen!“

Talon landete und sah auf den Boden. *Warum ist die Erde denn rot und nicht braun?*

Ruby trippelte mit ihren Füßen.

„Der Boden bewegt sich!“, schrie Agila.

Talon schaute genauer hin. „Er bewegt sich nicht – er ist voller Stachelameisen!“

Winzige rote Insekten bedeckten die Erde. Auch ihre Augen leuchteten rot – genau wie die der Tiger-Fledermäuse.

„Spione von Burung!“, sagte Talon.

„Sie klettern überall auf mir herum!“, quiekte Agila.

Die drei Freunde hüpften weiter vorwärts und versuchten zu entkommen. Aber die Stachel-

ameisen krabbelten an ihnen hoch und bissen und stachen.

„Wir müssen ins Wasser springen, um sie abzuspülen!", rief Talon, als sie einen Bach erreichten.

„Ich kann nicht schwimmen!", kreischte Agila.

„Ich auch nicht", sagte Talon. „Aber es ist nicht tief."

Er führte Ruby und Agila ins kalte Wasser.

Als sie die Ameisen losgeworden waren, kletterten sie so schnell sie konnten wieder heraus.

„Es hat funktioniert!“, sagte Talon und schüttelte seine Federn trocken.

Agila wrang das Wasser aus ihrem Schwanz. „Ja, aber wenn die Ameisen uns gefunden haben, weiß Burung, wo wir sind.“

Talon erschauerte. Der Gedanke, dass der böse Geier in der Nähe war, gefiel ihm überhaupt nicht.

„Du hast recht. Beeilen wir uns.“ Er zog Greys Papierrolle heraus. „Grey hat gesagt, dies würde

uns den Weg zeigen – vielleicht ist es eine Landkarte?“

„Das verstehe ich nicht“, sagte Agila, als sie Talon über die Schulter schaute. „Da ist ja nichts drauf.“

„Sieh nur!“, keuchte Talon, als ein kleiner Punkt auf dem Papier erschien, der langsam größer wurde. Nach und nach entstanden die Umrisse von Land und Gewässern und die Namen von Orten, die er noch niemals gehört hatte. „Es *ist* eine Landkarte!“

Ruby tippte mit ihrem Schnabel auf das Papier. Dann hopste sie auf einen Pfad zu, der tiefer in den Wald führte.

„Ruby möchte wohl, dass wir dort entlang gehen“, sagte Talon.

Stundenlang folgten sie dem Weg. Als sie schließlich den Waldrand erreichten, blickten sie über ein weites Meer. In der Ferne lag eine Insel. Sie sah aus wie ein Berg, der sich aus den Wellen erhob.

„Ist sie das?“, fragte Agila, als sie über das unruhige dunkle Wasser spähte.

Talon nickte. „Das ist die Feuerinsel.“

Übers Wasser

Agila blickte über die Wellen. „Die Feuerinsel scheint *sehr* weit weg zu sein“, sagte sie. „Wie kommen wir da hin?“

Talon runzelte die Stirn. Er war zu müde, um so eine weite Strecke zu fliegen, und Agila und Ruby konnten ja überhaupt nicht fliegen. „Ich weiß nicht genau ...“, sagte er. „Aber wir sind jetzt schon so weit gekommen. Es muss einfach einen Weg geben!“

„PIEP!“, rief Ruby, die über einen Felsen am Ufer spähte.

„Was hat sie?“, fragte Talon und eilte mit Agila zu ihr hinüber.

Eine große runzlige Schildkröte lächelte zu ihnen empor.

„Hallo. Ich bin Taddeus." Er sprach seeehr langsam.

Dann entdeckte er Ruby. „Ein Feuerfalke! Ich habe schon sehr lange keinen mehr gesehen", seufzte er. „Früher gab es sehr viele von ihnen. Aber jetzt nicht mehr."

„Wo sind sie geblieben?", fragte Agila.

„Das weiß ich nicht", antwortete Taddeus. „Vor vielen Jahren gab es einen schweren Sturm. Es war der schlimmste, den ich jemals

erlebt habe. Der Himmel wurde so dunkel, dass sogar die leuchtenden Federn der Feuerfalken nicht mehr zu sehen waren. Es gab eine große Schlacht zwischen ihnen und einem alten mächtigen Geier."

„Burung!", sagte Talon.

Taddeus nickte. „Nach dem Sturm wurden die Feuerfalken nie wieder gesehen." Er wandte sich zu Ruby. „Bis jetzt."

Talon zeigte zur Feuerinsel. „Wir müssen dort hin. Kannst du uns helfen?"

Taddeus lächelte. „Es wäre mir eine Freude, einem Feuerfalken und seinen Freunden zu helfen."

Die drei kletterten auf Taddeus' Panzer. Sie hielten sich aneinander fest, als er mit ihnen durch die Wellen schwamm.

Unerwünschter Besuch

Die Sonne ging schon unter, als sie den Strand erreichten.

„Danke, Taddeus“, sagte Talon.

„Ruft einfach, wenn ihr mich braucht“, murmelte die alte Schildkröte und schlurfte davon.

„Und jetzt?“, fragte Agila.

„Lasst uns die Insel erkunden“, sagte Talon.

Er schnupperte. Es roch nach Rauch. Er wischte sich mit einem Flügel über das Gesicht und vermisste den kühlen Schatten im Wald von Valor. „Ganz schön heiß hier! Und still – wo sind all die Tiere?“

„Ich wette, Burung hat sie vergrault“, sagte Agila.

„Seine Dunkelheit breitet sich immer mehr aus“, seufzte Talon. Die Stämme einiger Palmen, die in der Nähe standen, waren grau und schrumpelig.

„Piep!“ Ruby stupste Agila an.

Sie schaute an den anderen Bäumen hoch. „Die Früchte sind alle verfault!“ Schwarze Bananen und Mangos hingen an den Bäumen.

„Bin ich froh, dass wir unsere eigene Verpflegung eingepackt haben“, sagte Talon.

„Lasst uns etwas essen“, meinte Agila. „Ich bin am Verhungern!“

Talon öffnete den Rucksack. Er schlang einige Würmer herunter und gab den anderen ein paar Nüsse. „Wo sind die Beeren?“, fragte er.

Agila runzelte die Stirn, als sie nachschaute. „Sie sind alle weg. Und die Landkarte auch!“

Ruby piepste und flatterte mit ihren glänzenden Flügeln.

„Was ist los?“, fragte Talon.

Agila griff nach ihrer Steinschleuder. „Tiger-Fledermäuse?“

Talon zog seinen Dolch. „Ich schaue mal nach." Er flog hinauf zu den langen grauen Palmenblättern. Die Zweige raschelten.

Zwei kleine Spinnenaffen starrten ihn an. Sie hatten braunes Fell und lange buschige Schwänze. Ihre weißen Gesichter waren voller Beerensaft.

Einer von ihnen hielt Greys magische Landkarte hoch.

„He! Die gehört uns!", schrie Talon.

Die Affen kicherten.

„Gebt sie zurück!", rief Agila zu ihnen hoch.

Die Affen sprangen auf einen anderen Baum und entfernten sich immer weiter vom Strand.

Talon, Agila und Ruby rasten ihnen hinterher – den felsigen Berghang hinauf und auf den höchsten Gipfel der Feuerinsel zu …

Spione?

Die Spinnenaffen hetzten den Berg hinauf, gefolgt von den drei Freunden.

Je höher sie kletterten, desto mehr Rauchschwaden hingen in der Luft. Als sie den Gipfel erreichten, erkannte Talon den Grund dafür …

„Die Insel ist ein Vulkan!“, schrie er.

„Wahrscheinlich wird sie deswegen Feuerinsel genannt“, sagte Agila. Ihr Schwanz zuckte. „Er wird doch nicht ausbrechen, oder?“

Talon zögerte. „Hoffentlich nicht!"

„Ob die Affen wohl auch Burungs Spione sind?", keuchte Agila, als sie ihnen weiter nachjagten.

Talon schüttelte den Kopf. „Ich glaube nicht. Sie haben keine roten Augen."

Auf einmal begann Ruby aufgeregt zu piepsen und hüpfte vor und zurück. Die Affen hatten eine Verschnaufpause eingelegt.

„He!", rief Agila und schoss einen Stein in die Bäume. Die Affen sprangen auf und ließen die Landkarte fallen, als sie davonhuschten.

Agila hob sie auf. Daneben lag eine lange goldene Feder. „Schaut euch das an", murmelte sie und hielt ihren Fund hoch.

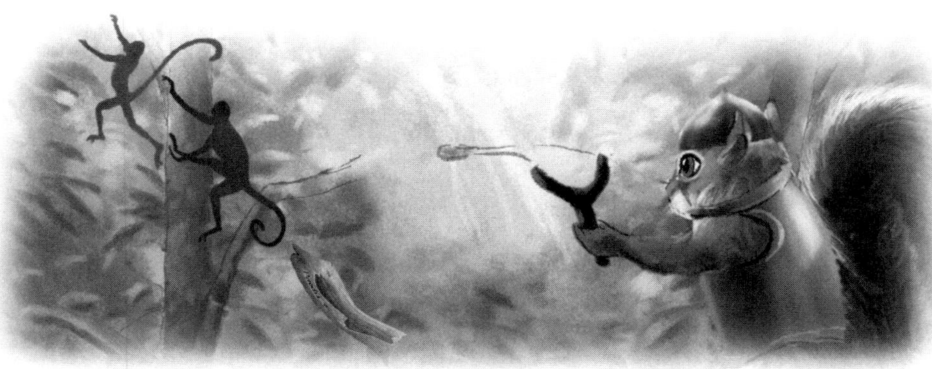

„Das sieht aus wie die Federn von Ruby, nur größer", sagte Talon. *Vielleicht gibt es doch noch Feuerfalken auf der Insel?*, dachte er. Als er die Feder in seinen Rucksack steckte, piepste Ruby hinter ihm.

Als Talon und Agila sich umdrehten, sahen sie einen großen roten Felsen. Er war mit leuchtend bunten Vögeln bemalt, die genauso aussahen wie Ruby.

Talon ging auf den Felsen zu. Ein Teil davon war mit schwarzem Sand bedeckt, den er mit seinem Flügel wegfegte. „Feuerfalken!", murmelte Talon. „Es sieht aus, als ob die Bilder eine Geschichte erzählen."

Es waren vier Zeichnungen. Auf der ersten waren so viele Feuerfalken zu sehen, dass Talon sie gar nicht zählen konnte. Der größte von ihnen hatte goldene Federn auf dem Kopf und stand in der Mitte. *Das muss ihr Anführer sein*, dachte Talon. Der Vogel hielt einen großen purpurroten Stein.

„Der Stein der Macht!", flüsterte Agila.

Sie deutete auf das nächste Bild, das den leuchtenden Stein zeigte.

Talon ging hinüber zur dritten Zeichnung. Er versuchte, den Sand abzufegen, doch er klebte fest. „Ich wünschte, wir könnten dieses Bild auch sehen."

Die vierte Abbildung zeigte Burung, umgeben von einer dunklen Wolke.

„Burung!" Talon erschauerte. Sogar auf dem Bild sah der alte Geier furchterregend aus – und ebenso der *Schatten*.

„Wir müssen den Stein finden", sagte Agila.

„Aber wo sollen wir suchen?", erwiderte Talon. „Die Bilder zeigen den Stein, aber sie verraten uns nicht, wo er versteckt ist."

„Dann müssen wir eben die gesamte Insel auf den Kopf stellen", sagte Agila.

Die Freunde suchten den ganzen nächsten Tag. Talon schaute hinter jeden Stein.

Agila kletterte auf jeden Baum.

Sogar Ruby half und buddelte Löcher mit ihren Krallen.

„Vielleicht ist der Stein doch nicht hier", murrte Agila. „Wir haben überall nachgesehen."

Ruby legte ihren Kopf auf Agilas Schulter.

Auf einmal schaute Talon hoch. „Nein, wir haben nicht *überall* gesucht."

Im Vulkan

Talon flog zum Vulkankrater. Agila und Ruby jagten ihm hinterher.

„Meinst du, er ist da drin?“, fragte Agila, als sie in den Krater spähte. Dort zischten und blubberten glühend heiße Lavablasen.

„Ich werde hinunterfliegen“, sagte Talon und legte seine Rüstung ab.

Agilas Augen wurden groß. „Da kannst du nicht rein!“

„Piep!“, schrie Ruby. „Piep piep piep!“

Talon tätschelte Ruby den Kopf. „Es ist unsere letzte Chance“, sagte er, als er auf den Kraterrand zuging.

Talon hatte ein mulmiges Gefühl im Bauch, als er in den Vulkan flog. Es war so heiß, dass er glaubte zu schmelzen. Er suchte die Felswand nach dem leuchtenden Stein ab. *Er muss hier irgendwo sein!*, dachte Talon. Er flatterte hin und her und wagte sich so dicht wie möglich an die rot glühenden Felsen heran. *Ich kann nicht viel länger hierbleiben.*

Doch dann entdeckte er etwas auf einem kleinen Felsvorsprung ganz unten am Grund des Vulkans.

„Ich glaube, ich sehe ihn!", rief er zu seinen Freunden hinauf. Sein Herz schlug so schnell wie seine Flügel.

Aber als Talon näher heranflog, platzte unter ihm eine große Lavablase.

„Au!", schrie er, als die heiße Masse auf seinen Flügel spritzte.

Talon flog aus dem Vulkan heraus und landete neben seinen Freunden. „Es hat keinen Zweck", seufzte er. „Ich schaffe es nicht bis zum Felsvorsprung."

„Ich kann supergut klettern. Vielleicht kann ich hinuntersteigen", meinte Agila.

Talon nickte. „Aber du musst sehr schnell sein – die Wände sind heiß!"

Agila flitzte in den Vulkan hinunter, indem sie sich mit ihren Krallen an der felsigen Wand festhielt.

Sie hatte den Grund fast erreicht, als sie plötzlich abrutschte. Ihre Schwanzspitze tauchte in die Lava. „Ahhh!“, schrie Agila und kraxelte aus dem Vulkan heraus.

„Ist alles in Ordnung?“, fragte Talon, als sie wieder sicheren Boden erreicht hatte.

„Ich denke schon“, sagte Agila.

Während Talon ihren Schwanz untersuchte, hüpfte Ruby an den Rand des Kraters. Sie lehnte

sich vor, um hineinzuschauen, und blickte dann zu den anderen zurück.

„Piep!“, rief sie.

Talon und Agila drehten sich gerade zu ihr um, als Ruby sich zu weit vorbeugte. Der kleine Feuerfalke stürzte in den Vulkan – tiefer und immer tiefer.

„Ruby!“ Talon flog hinterher und suchte überall nach ihr.

„Ich kann sie nirgendwo sehen!“, rief er.

„Das ist alles meine Schuld!“, jammerte Agila.

Talon schüttelte den Kopf. „Wir hätten *beide* auf sie aufpassen müssen. Wir hatten Grey doch versprochen, sie zu beschützen."

Plötzlich ertönte ein lautes Kreischen. Ruby flatterte mit brennenden Flügeln aus dem rauchenden Vulkan heraus. Und sie hielt etwas in ihrem Schnabel!

„Ruby!", jubelte Talon. „Ruby hat den Stein der Macht!"

Der Stein der Macht

Über und über mit Asche bedeckt, sank Ruby auf den Boden.

Agila klopfte sie ab. „Ich bin so froh, dass dir nichts passiert ist", sagte sie und umarmte den kleinen Feuerfalken. „Aber wie kann das sein?"

„Ihre Federn müssen sie geschützt haben", meinte Talon. Er gab Ruby einige Schlucke Wasser. „Denk daran, was Grey uns erzählt hat – ihre Federn sind stärker als jede Rüstung.

Außerdem wurde sie in Flammen geboren. Ich vermute, dass Lava ihr nichts anhaben kann."

„Darum konnte nur ein Feuerfalke den Stein zurückbringen – weil er in einem Vulkan versteckt war!", sagte Agila.

Ruby piepste leise und lächelte.

„Und wie es aussieht, kannst du also doch fliegen", sagte Talon.

Die Freunde rückten zusammen, um den Stein der Macht genauer zu betrachten.

Agila kniff die Augen zusammen. „Er ist kleiner, als ich erwartet habe."

„Ja", stimmte Talon zu und dachte an die Felsmalereien. „Er ist klein und hat scharfe, gezackte Ränder. Aber der Stein auf der Zeichnung war groß und rund."

„Taddeus wusste von den Feuerfalken. Vielleicht weiß er auch etwas über den Stein“, überlegte Agila.

Die drei Freunde eilten hinunter zur Küste.

„Taddeus!“, rief Talon über das Wasser und Ruby stimmte ein: „Piiiep! Piii-hiep!“

„Da ist er!“, rief Agila und hüpfte aufgeregt auf und ab.

Ein großer grüner Kopf tauchte aus dem Wasser auf. „Hallo“, sagte die alte Schildkröte.

„Weißt du etwas hierüber?“ Talon hielt den Stein hoch. „Hast du den schon mal gesehen?“

Taddeus kniff die Augen zusammen und starrte den Stein lange an.

„Der Stein der Macht“, sagte er schließlich. „Die Feuerfalken wollten nicht, dass er Burung in die Hände fällt. Sie versuchten, ihn zu vernichten, damit der alte Geier die mächtige Magie nicht nutzen konnte. Aber der Stein ließ sich nicht zerstören. Er zerbrach nur in mehrere Stücke. Die Feuerfalken versteckten die Teile an weit voneinander entfernten Orten, damit Burung sie niemals finden würde."

„Darum ist dieses Stück also so klein", sagte Agila. „Es ist nur *ein Teil* des Steins der Macht!"

„Wie viele Teile gibt es denn?", fragte Talon.

„Diese Frage kann nur ein Feuerfalke beantworten", sagte die alte Schildkröte.

Talon, Agila und Taddeus schauten zu Ruby.

Die Reise geht weiter

Wenn Ruby doch nur sprechen könnte", seufzte Talon, als sie mit Taddeus am Strand saßen. „Ich bin sicher, sie würde uns sagen, was wir tun sollen."

„Piep!", antwortete Ruby.

„Dieser Feuerfalke ist noch jung", sagte Taddeus. „Er wird noch früh genug anfangen zu sprechen."

„Wir sollten nach Hause zurückkehren", meinte Agila. „Grey wird wissen, was zu tun ist."

Talon schüttelte seinen Kopf. „Ich kann Grey jetzt nicht enttäuschen, sonst werde ich niemals eine Eule von Valor."

„Wir haben vielleicht nicht den *ganzen* Stein der Macht gefunden, aber immerhin einen Teil davon", sagte Agila und legte eine Pfote auf seinen Flügel. „Das ist doch auch schon was."

„Aber ohne die anderen Teile besitzt dieses Stück keine Macht", wandte Taddeus ein.

„Piep!" Ruby stupste Talon mit ihrem Schnabel an.

Agila sprang auf. „Ich hab's! Wir suchen die fehlenden Stücke!“

„Wir wissen doch nicht, wo sie sind“, sagte Talon, während er Greys Landkarte hervorzog.

Agila wollte sie im Sand ausrollen, aber der Wind blies sie immer wieder davon.

„Hier, nimm das.“ Talon legte das Stück vom Stein darauf, um sie zu beschweren.

Plötzlich begann die Karte heller und heller zu leuchten. So hell, dass Talon seine Augen mit den Flügeln schützen musste.

Als er wieder hinschaute, glänzte ein kleiner Punkt auf der Karte. Weit weg von der Feuerinsel.

Ruby tippte den Punkt mit ihrem Schnabel an.

Talon sah genauer hin und umarmte sie. „Grey hat gesagt, die Landkarte würde uns den Weg zeigen." Er deutete auf den Punkt. „Dort muss das nächste Stück des Steins sein!"

Auch Agila sah sich die Karte genauer an. „Das wird aber eine *lange* Reise."

Die drei Freunde sammelten ihre Sachen zusammen.

„Ich kann euch zur Blauen Bucht am Rand des Schattenlands bringen“, bot Taddeus an.

Talon, Agila und Ruby kletterten auf seinen Rücken.

„Danke für deine Hilfe“, sagte Agila.

„Piep!“, machte Ruby.

Taddeus brachte sie ans Ufer der Blauen Bucht.

„Seid vorsichtig“, warnte er, als er sie absetzte.

„Burung wird jeden Tag stärker. Er wird weiter versuchen, alle Teile des Steins zu finden." Damit schwamm Taddeus fort.

Talon drehte sich zu seinen Freunden um. „Wir haben nicht viel Zeit", sagte er. „Burungs Armee wird uns bald einholen."

„Also, wohin müssen wir jetzt?", fragte Agila.

„Nach Norden", antwortete Talon mit einem Lächeln. „Zu den Kristallhöhlen."

Katrina Charman wollte Kinderbuchautorin werden, seit sie elf war. Damals forderte ihr Lehrer die Klasse auf, ein Nachwort zu Roald Dahls Buch *Matilda* zu schreiben. Katrinas Lehrer fand ihren Text gut genug, um ihn an Roald Dahl persönlich zu schicken. Leider hat sie nie eine Antwort erhalten, aber dieses Erlebnis entfachte ihre Liebe zum Lesen und Schreiben. Katrina lebt mit ihrem Mann und ihren drei Töchtern in England.

Jeremy Norton ist ein erfahrener Illustrator und Maler. Schon als Kind war er ein fantasievoller und produktiver Künstler und er versucht nach wie vor, in seinen Arbeiten ein Gespür für das Wunderbare zu vermitteln. Jeremy Norton lebt in Spanien. *Der letzte Feuerfalke* ist seine erste Reihe für Leseanfänger.

Das will ich lesen!

Band 2

ISBN 978-3-7432-0813-1

Talon, Agila und Ruby haben eine gefährliche Mission: Sie sind unterwegs zu den Kristallhöhlen, um das nächste Stück des Steins der Macht zu finden. Aber auch der machtgierige Geier Burung will den Stein unbedingt für sich haben und hetzt seine Eisleoparden auf die Freunde. Ob die drei das zweite Stück des Steins der Macht rechtzeitig finden können?

Loewe
Das will ich lesen!

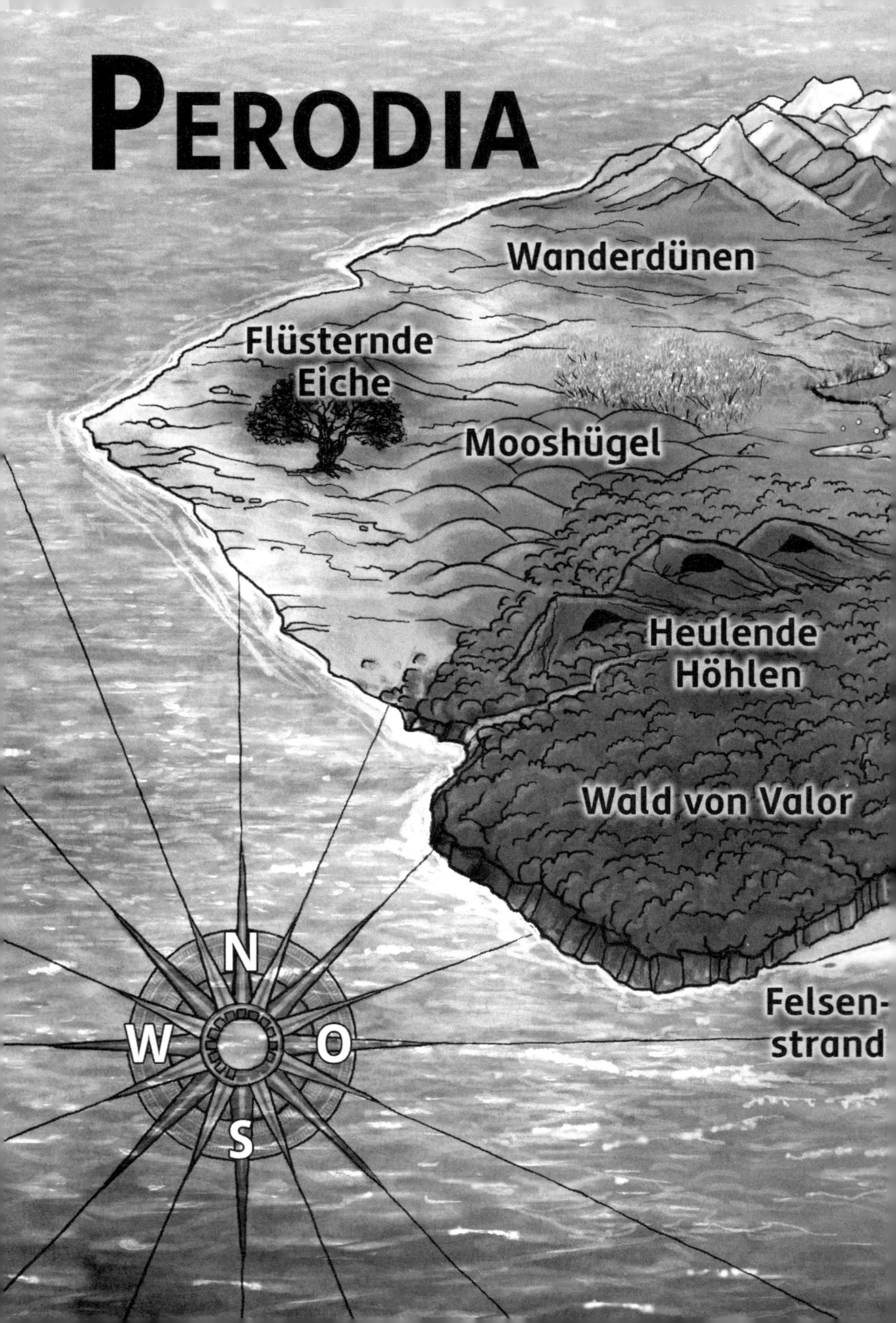

PERODIA
Wanderdünen
Flüsternde Eiche
Mooshügel
Heulende Höhlen
Wald von Valor
Felsenstrand
N
W
O
S